Die Katakomben von Upahl
Hunger der Schatten

Herold zu Moschdehner

Die Katakomben von Upahl

Hunger der Schatten

Bibliografische Information der Deutschen Nationalbibliothek
Die Deutsche Nationalbibliothek verzeichnet diese Publikation in der Deutschen Nationalbibliografie; detaillierte bibliografische Daten sind im Internet über http://dnb.d-nb.de abrufbar.

ISBN: 978-3-7693-0389-6

Verlag: BoD · Books on Demand GmbH,
In de Tarpen 42, 22848 Norderstedt
Druck: Libri Plureos GmbH,
Friedensallee 273, 22763 Hamburg

9,99 Euro

Der Nebel zog schwer über die Stadt Upahl und legte sich wie ein graues Tuch über die gepflasterten Straßen. Paul Timm stand am Fenster seines kleinen Hauses, blickte hinaus auf die schimmernden Lichter der Stadt, die im Dunst wie Geisterlichter flackerten. Es war eine seltsame Nacht, kälter als die letzten, und der Wind heulte durch die alten Gassen, als wolle er etwas aus der Tiefe der Stadt ans Licht zerren. Paul spürte das Kribbeln in seiner Haut, ein unbestimmtes Gefühl, das er nicht loswerden konnte.

Sein Leben war ein einfaches, und das gefiel ihm. Er lebte in Stille, allein mit seinen Gedanken und seiner Arbeit als Tischler. Doch in dieser Nacht, in diesem Moment, schien die Welt um ihn herum ein Eigenleben zu entwickeln. Die Dunkelheit, die ihn normalerweise beruhigte, war nun von einer Schwere durchzogen, die er nicht benennen konnte. Paul zog seine Jacke an, nahm die Taschenlampe von der Kommode und trat hinaus in die Nacht.

Er wollte es sich nicht eingestehen, aber der Lärm, das Krachen, das er vorhin aus der Richtung der Kirche gehört hatte, ließ ihm keine Ruhe. Etwas zog ihn dorthin. Es war, als würde die Stadt selbst ihn rufen. Die Straßen waren leer, kein Laut war zu hören, außer dem steten Heulen des Windes, das durch die Ritzen der alten Häuser kroch.

Paul folgte dem Pfad, der zur Kirche führte, seine Schritte hallten auf dem nassen Pflaster wider. Der Nebel um ihn herum schien dichter zu werden, und die Welt schrumpfte auf das wenige Meter große Stück Land zusammen, das seine Taschenlampe erleuchtete. Er konnte nicht sagen, warum er in diese Richtung ging, doch jeder Schritt schien ihn näher an etwas zu führen, das tief in seinem Inneren schlummerte.

Als er den alten Kirchhof erreichte, sah er es. Ein dunkler, tiefer Schlund, verborgen hinter einer zerbrochenen Grabplatte, die sich in einem Winkel aufgetan hatte, als hätte jemand sie beiseite geschoben. Ein feiner, kaum wahrnehmbarer Luftzug wehte ihm entgegen – es roch modrig, nach altem Stein und Erde, aber darunter lag ein seltsamer Geruch, den Paul nicht zuordnen konnte. Eine Mischung aus feuchtem Schimmel und etwas Metallischem, das ihm Gänsehaut über den Rücken jagte.

Er kniete sich hin, strich mit der Hand über den Boden, der feucht war vom Regen. Der Riss in der Erde war zu schmal, um ihn auf den ersten Blick zu bemerken, doch er war da, breitete sich aus, als hätte die Stadt etwas darunter verborgen, das nun endlich ans Licht wollte. Paul schaltete seine Taschenlampe ein, richtete den Strahl auf den Spalt und stieß die Grabplatte vorsichtig zur Seite. Unter ihm gähnte ein Loch, das in die Dunkelheit führte. Ein Tunnel? Eine Höhle? Er wusste es nicht.

Was er jedoch wusste, war, dass dies nicht neu war. Die alten Geschichten, die er früher immer abgetan hatte, kamen ihm in den Sinn. Die Erzählungen über die Katakomben von Upahl, ein Labyrinth aus vergessenen Gängen, das sich tief unter der Stadt erstreckte. Doch es war nie mehr als eine Legende gewesen, ein Aberglaube, den die Alten weitertrugen, um Kinder zu erschrecken.

Doch nun, mit jedem Atemzug, den er tat, spürte er die drängende Gewissheit, dass es mehr als nur eine Geschichte war. Der Boden unter der Stadt war durchzogen von einem Labyrinth, das seit Jahrhunderten verborgen lag, vergessen, und doch lebendig. Und jetzt war Paul dort, an der Schwelle zwischen der Normalität und etwas Unbekanntem, das sich in der Tiefe ausbreitete wie die Wurzeln eines dunklen, toten Baumes.

Paul richtete sich auf, das Herz schlug ihm bis zum Hals. Er spürte, wie der Nebel um ihn dichter wurde, schwerer, und es schien, als würde die Nacht selbst ihn in die Finsternis ziehen. Der Tunnel unter ihm wartete – still, finster und kalt. Es gab keine Erklärung für das, was er tun würde, doch er wusste, dass er es tun musste. Ohne es zu wollen, ohne zu verstehen, warum, kletterte Paul langsam in das Loch hinab, die Taschenlampe fest umklammert.

Er landete auf weichem Boden, der nachgab wie alter Morast. Der Tunnel war schmal, die Wände aus glattem, feuchtem Stein, und die Luft hier unten war dicht, fast erstickend. Ein dumpfes Grollen schien tief aus der Erde zu kommen, ein ferner Laut, der sich in Pauls Kopf festsetzte und sich wie ein pulsierender Schmerz in seine Schläfen bohrte. Er richtete die Lampe auf die Wände des Tunnels, sah die Spuren von Kratzern und schmalen Rissen, die sich durch den Stein zogen.

Ein leises Wispern, kaum hörbar, schien von den Wänden zurückzuschallen, als hätte der Tunnel eine Stimme, die durch die Jahrhunderte getragen wurde. Paul wusste, dass er nicht allein war. Nicht hier unten. Etwas war mit ihm – etwas, das in der Dunkelheit lauerte und geduldig auf ihn wartete.

Und in diesem Moment, als er tiefer in den Tunnel hineinblickte, spürte er die Ahnung von Wahnsinn, die in den Geschichten der Alten erwähnt worden war.

Jene, die in die Katakomben hinabstiegen, kehrten nicht mehr zurück. Oder wenn sie es taten, waren sie nicht mehr dieselben.

Paul Timm war angekommen.

Paul stand in der Dunkelheit, der Tunnel um ihn herum wirkte unnatürlich still, als hätte die Erde selbst den Atem angehalten. Er wusste nicht, wie tief er schon in dieses Labyrinth vorgedrungen war. Die Wände aus kaltem, feuchtem Stein schienen ihn einzuschließen, die Dunkelheit drängte von allen Seiten auf ihn ein. Nur der Strahl seiner Taschenlampe schnitt durch die Finsternis, aber die Luft war so schwer, dass es kaum half. Der Gestank von modrigem Wasser, vermischt mit etwas Eisenhaltigem, schwebte in der stickigen Luft.

Paul wusste, dass er zurückgehen sollte, doch es war, als zöge etwas ihn weiter. Jeder Schritt brachte ihn tiefer in die Katakomben, wo die Luft dünner und der Druck auf seinen Kopf stärker wurde. Er schlug eine Kurve nach der anderen ein, irrte ziellos durch das steinerne Labyrinth, als würde es ihn selbst immer tiefer in seinen Bann ziehen.

Die Gänge wurden enger, feuchter, und er sah in den Lichtkegel der Taschenlampe die schmierigen Abdrücke an den Wänden – Abdrücke von Fingern, die schienen, als hätten sie verzweifelt die Wände hinuntergekratzt. Einige Stellen schienen frisch, als wäre erst kürzlich jemand hier gewesen, vielleicht jetzt noch in der Nähe.

Plötzlich ein Geräusch. Ein Kratzen, das dumpf durch den Tunnel hallte. Paul blieb stehen, der Atem stockte ihm, sein Herz raste. Er drehte sich um, ließ den Strahl der Lampe durch die Dunkelheit tanzen, aber da war nichts. Nur Stille, doch sie fühlte sich an wie ein lautes Dröhnen in seinen Ohren. Ein weiterer Schritt, dann das Kratzen erneut, lauter, näher – als käme es direkt aus dem Stein selbst.

Er wagte es nicht, weiterzugehen. Stattdessen blieb er stehen, lauschte in die Finsternis hinein. Da war etwas. Eine Bewegung, kaum merklich, aber sie war da. Ein leises Schaben, wie der Hauch von Füßen, die über den feuchten Boden huschten, aber immer nur an den Rändern seines Sichtfeldes, so schnell, dass er nichts genau erkennen konnte. Doch da war es wieder: Etwas huschte vorbei, ein Schemen, nur einen Atemzug entfernt.

Er blinzelte, schüttelte den Kopf, als wollte er die Angst vertreiben, die ihn langsam überkam. Seine Gedanken flogen, sein Herz pochte so laut in seinen Ohren, dass er für einen Moment dachte, die Katakomben selbst hätten einen Herzschlag. Doch dann, als er versuchte, einen klaren Gedanken zu fassen, hörte er es wieder – ein Stöhnen, tief und langgezogen, das sich wie der Seufzer eines Sterbenden anhörte.

Paul tastete weiter durch den Tunnel, die Schritte schwer, als hätte er Blei an den Füßen. Plötzlich erhellte seine Taschenlampe etwas am Boden. Es war nicht der Schmutz, den er erwartete, sondern etwas… anderes. Ein Haufen, verkrümmt, als hätte man es eilig weggeworfen. Als Paul sich näherte, erkannte er es: Stoff, zerrissen und fleckig, als ob es mit Gewalt heruntergerissen wurde. War das ein Hemd? Die Überreste einer Uniform? Er beugte sich hinunter, die Hand zitterte, als er den Stoff aufhob. Blut. Dunkelrot, fast schwarz im trüben Licht, durchtränkte die Fetzen.

Der kalte Schauer, der ihm über den Rücken lief, ließ ihn zusammenzucken. Er ließ den Stoff fallen, als würde er brennen, und blickte hastig um sich. Es war, als würde der Tunnel sich enger um ihn schließen. Die Luft war nun fast unerträglich schwer, und da hörte er es wieder: das Kratzen, diesmal lauter, ein verzweifeltes Schaben, das die Stille durchbrach.

Ohne weiter darüber nachzudenken, lief Paul. Seine Schritte hallten in den schmalen Gängen wider, das Echo jagte ihn, doch wohin er lief, wusste er nicht. Links, rechts, immer tiefer, ohne Richtung. Der Tunnel drehte sich in seinem Kopf, bis er nicht mehr wusste, wo oben und unten war.

Plötzlich hielt er inne. Etwas Tropfendes, Feuchtes, landete auf seinem Gesicht. Paul hob die Hand, wischte es ab und starrte ungläubig auf seine Handfläche. Es war nicht Wasser. Dunkelrote Tropfen tropften von der Decke, wie Blut, das aus einer Wunde im Boden der Stadt sickerte. Sein Herz setzte für einen Moment aus. Der Lichtkegel seiner Taschenlampe wanderte zur Decke, wo feuchte, rote Rinnsale aus den Fugen der Steine sickerten, als würde die Stadt selbst bluten.

Dann spürte er es. Zuerst ein Hauch, ein Luftzug an seinem Nacken, der nicht vom Wind kommen konnte. Eine Berührung, leicht und flüchtig, aber genug, um ihn erstarren zu lassen. Etwas oder jemand war hinter ihm. Er drehte sich blitzartig um, ließ das Licht durch den Tunnel huschen, doch da war niemand. Nur die endlose Dunkelheit, die ihn anzulachen schien.

Er spürte wieder die Berührung, diesmal am Arm, dann am Bein. Unsichtbare Finger schienen ihn zu umklammern, ihn zu packen, aber da war nichts zu sehen. „Hallo?“ Seine eigene Stimme klang fremd, verzerrt in der Finsternis. Keine Antwort. Doch das Kratzen, das Kriechen, das er zuvor gehört hatte, kam näher.

Paul spürte, wie seine Haut brannte, als die unsichtbaren Finger seine Arme packten. Die Berührungen waren zunächst flüchtig gewesen, fast wie ein Irrtum seiner Sinne, doch nun drangen sie durch seine Kleidung, als würden kalte, scharfe Klauen seine Haut durchschneiden. Sein Herz raste, und er versuchte, sich loszureißen, doch die Dunkelheit schien sich wie ein Netz um ihn zu ziehen.

Er stolperte zurück, seine Schritte klangen hohl auf dem feuchten Stein. Die Taschenlampe zitterte in seiner Hand, der Lichtkegel schwankte, flackerte und schien mit jedem Schritt schwächer zu werden. Das Kratzen, dieses ständige Kriechen an den Rändern seines Bewusstseins, wurde lauter. Es war nicht mehr nur ein Geräusch. Es war überall – in den Wänden, im Boden, in der Luft um ihn herum. Paul keuchte, drehte sich um, stolperte über eine unebene Stelle und fiel hart auf den Boden.

Der Schmerz in seinem Knie war real, pulsierend, doch er zwang sich hoch. Seine Hand war nass, als er sich aufstützte. Zuerst dachte er, es sei der Schlamm, der überall in diesen Tunneln zu sein schien. Aber als er den Blick senkte, sah er, dass es etwas anderes war. Blut. Sein eigenes Blut, das von einer tiefen Wunde in seinem Unterarm tropfte, wo er aufgeschürft hatte. Oder... war es wirklich nur eine Schürfwunde?

Ein weiteres Kratzen, diesmal direkt hinter ihm. Paul drehte sich um, die Taschenlampe im Anschlag, aber das Licht fiel nur auf die leeren Wände. Da war nichts.

Doch die Luft war schwer, voller Atem, als wäre etwas, unsichtbar für seine Augen, ganz nah bei ihm.

Er trat einen Schritt zurück und spürte plötzlich einen stechenden Schmerz in seinem Bein. Ein Schrei entwich ihm, und er griff reflexartig nach unten. Blut tropfte nun nicht nur von der Decke, sondern aus einer klaffenden Wunde an seinem Oberschenkel. Wie ein Messer, das durch Fleisch schnitt, brannte der Schmerz sich in sein Bewusstsein. Paul taumelte, der Tunnel um ihn begann sich zu drehen, und die Dunkelheit schien dichter, lebendiger zu werden.

Er blinzelte, versuchte die Klarheit zurückzugewinnen, doch alles verschwamm vor seinen Augen. Huschende Schatten zogen an den Wänden entlang, schneller und näher. Seine Finger umklammerten die Taschenlampe, als sei sie das einzige, was ihn noch an die Realität band, doch das Kratzen – dieses unerträgliche Kratzen – übertönte alles. Es war, als würde die Welt unter der Erde von einer Masse aus Klauen und Fingern zerfressen, die ihn langsam, aber unaufhaltsam in den Wahnsinn treiben wollte.

Mit jeder Sekunde schien der Schmerz tiefer zu dringen, als wären die unsichtbaren Wesen hinter ihm immer näher, immer hungriger. Paul stolperte weiter durch die Gänge, doch es gab keinen Ausweg. Er wusste es jetzt. Es gab keinen Weg zurück. Diese Katakomben hatten ihn verschlungen, und es war nur noch eine Frage der Zeit, bis sie das letzte Stück seines Verstandes zerrissen.

Plötzlich wurde er zurückgerissen. Etwas packte ihn von hinten, grob, mit unheimlicher Kraft. Er wurde gegen die Wand geschleudert, seine Taschenlampe fiel ihm aus der Hand und rollte auf den Boden, ihr Licht flackerte, bevor es ganz erlosch. Paul schrie, schlug um sich, doch da war nichts Greifbares, nichts, was er fassen konnte. Nur Dunkelheit, nur Schmerz, nur das unaufhörliche Kratzen, das jetzt direkt in seinen Ohren widerhallte, als wäre es in seinem Kopf, als zerfraß es seine Gedanken.

Plötzlich... eine Berührung an seinem Hals. Kalt und nass. Finger, die ihn umschlossen, sich festdrückten, als würden sie ihn erdrosseln wollen. Paul japste nach Luft, strampelte, doch er konnte nichts sehen, nichts tun. Die Welt drehte sich um ihn, die Dunkelheit war nun ein lebendes Ding, das ihn einhüllte, verschlang.

Und dann, ein Flüstern. Kein Kratzen mehr, sondern Worte, leise, kaum hörbar, aber deutlich genug, um sich in seinen Verstand zu bohren. „Du gehörst uns..."

Paul versuchte zu schreien, doch es kam kein Laut mehr aus seiner Kehle. Die Dunkelheit legte sich wie ein schwarzer Schleier über ihn, und bevor ihm die Sinne endgültig schwanden, spürte er es: Die unsichtbaren Klauen rissen an ihm, zogen ihn tiefer, in die Welt unter der Stadt, dorthin, wo nur Wahnsinn und Verzweiflung herrschten.

Paul spürte die Finger um seinen Hals fester werden, als ob sie sich langsam tiefer in seine Haut graben würden. Kalter Atem strich über sein Gesicht, aber er konnte nichts sehen, nichts hören außer dem keuchenden Atem, der ihm die Brust zuschnürte. Jede Sekunde fühlte sich an wie ein langsames Ertrinken, doch die Dunkelheit gab ihm keine Gnade. Er schrie, innerlich, doch keine Töne drangen aus seiner Kehle. Seine Welt bestand nur noch aus schmerzendem Druck und dem Wispern, das in seiner Stirn pulsierte.

Seine Gedanken rasten, aber er konnte sich nicht fokussieren. Das Flüstern, das vorhin so leise und fern gewesen war, wurde lauter. Zuerst konnte er die Worte nicht verstehen, sie waren wie ein Rauschen, ein Echo, das sich in seinem Schädel verfing. Aber je tiefer er in die Dunkelheit gesogen wurde, desto klarer wurde es. Es sprach nicht nur zu ihm, es rief nach ihm – und es war überall. „Du wirst einer von uns…"

Seine Muskeln verkrampften, sein Herzschlag dröhnte in seinen Ohren. Er wollte nicht aufgeben, doch der Druck auf seinen Hals wuchs. Die Klauen, unsichtbar, aber unnachgiebig, zogen an ihm, ließen ihm keine Luft zum Atmen. Und dann – das Flüstern veränderte sich. Die Stimmen vermischten sich, wurden zu einem Chor aus Kälte und Hunger, während er das Gefühl hatte, tiefer und tiefer in die Finsternis zu sinken.

Er fiel, oder wurde er gezogen? Paul wusste es nicht mehr. Der Tunnel hatte sich verwandelt, als wäre der Raum selbst eine lebende Kreatur, die sich um ihn zusammenzog. Die Wände, die er vorher noch klar gesehen hatte, waren verschwunden. Alles war jetzt eine flüssige, pulsierende Dunkelheit, die ihn umgab und verschlang. Seine Hände tasteten verzweifelt nach einem Halt, doch es gab nichts, nur die endlose Schwärze, die auf ihn drückte wie ein massives Gewicht.

Und dann war da das Blut. Es tropfte in einem gleichmäßigen Rhythmus von der Decke, als wäre es das Atmen der Finsternis selbst. Es prasselte auf seine Schultern, klebte an seiner Haut, lief in dicken Strömen über seinen Nacken und seine Hände. Das Rot war das Einzige, was in der Dunkelheit schimmerte, ein unheilvolles, lebendiges Rot, das sich über ihn legte wie ein Fluch. Paul konnte nicht sagen, ob es sein eigenes

Blut war oder das derer, die vor ihm hierhergekommen waren. Aber der metallische Geruch füllte seine Lungen, und er wusste, dass es kein Entkommen gab.

Er stolperte weiter, blind, aber getrieben von der nackten Panik, die nun durch seinen Körper raste. Immer wieder schlugen seine Hände gegen die Wände, die plötzlich wieder greifbar schienen, doch jedes Mal, wenn er sich darauf stützte, um voranzukommen, fühlte er die Krallen, die über seine Haut fuhren, ihn packten, ihn zerrissen.

Dann spürte er den ersten wirklichen Schmerz. Eine scharfe Klinge, unsichtbar, riss über seinen Rücken, und er fiel zu Boden. Ein Schrei, erstickt, hallte durch den Tunnel. Das Flüstern war jetzt ein Brüllen, chaotisch und doch in einer schrecklichen, synchronen Melodie. „Dein Fleisch... dein Blut... gehört uns." Pauls Rücken brannte, als das Blut warm aus der Wunde sickerte und den kalten Stein unter ihm färbte. Er schrie erneut, doch es war, als würde der Tunnel selbst seine Schreie verschlucken.

Huschende Gestalten tauchten am Rande seines Sichtfeldes auf, flüchtig, als wären sie aus dem Nebel der Dunkelheit geboren. Ihre Bewegungen waren ruckartig, als hätten sie vergessen, wie man sich normal bewegt. Schattenhafte Hände griffen nach ihm, streckten sich nach seiner verletzten Gestalt, und jedes Mal, wenn er versuchte aufzustehen, drückten sie ihn wieder zu Boden. Ihre Gesichter – oder was er für Gesichter hielt – schienen aus der Dunkelheit selbst zu bestehen, unformbar, ohne Augen, aber mit weit aufgerissenen Mündern, aus denen das unaufhörliche Wispern kam.

Paul versuchte, die Taschenlampe zu erreichen, die noch immer flackerte, aber sie war außer Reichweite. Das Licht, so schwach es war, hielt die Schatten auf Distanz. Doch ohne es war er allein mit ihnen. Die Gestalten kamen näher, ruckten in seine Richtung, langsam, als hätten sie alle Zeit der Welt. Kalte Finger, klamm und hart, strichen über seine Wange, ließen seine Haut prickeln und taub werden. Und dann kam der Schmerz wieder, schärfer, tiefer – als würden sie ihn in Stücke reißen.

„Du wirst nicht entkommen“, zischte es in der Dunkelheit, und Paul wusste, dass es die Wahrheit war.

Er sackte zusammen, sein Körper zitterte, und die Dunkelheit verschlang ihn endgültig.

Paul lag keuchend auf dem Boden, sein Körper zitterte unkontrolliert, als der Schmerz durch seine Wunden pulsierte. Das Blut, das aus den Schnitten sickerte, fühlte sich unwirklich an, als wäre es nicht länger sein eigenes. Er wusste, dass er nicht mehr derselbe war. Etwas hatte begonnen, tief in ihm, und es wuchs, schwelte, wie ein schwelender Funke, der sich seinen Weg durch die Dunkelheit fraß.

Die huschenden Gestalten zogen sich zurück, als hätten sie genug von ihm genommen – oder als wüssten sie, dass etwas in ihm nun zu ihrem Reich gehörte. Pauls Atem ging stoßweise, seine Hände zitterten, doch er schaffte es, sich aufzurichten, gestützt an der feuchten Steinwand. Seine Taschenlampe war tot. Er war allein im tiefsten Teil der Katakomben, ohne Licht, nur mit dem Flüstern der Dunkelheit, die ihn einlullte.

Doch etwas war anders. Der Schmerz, der ihn zuerst durchbohrt hatte, verblasste, und stattdessen spürte er eine seltsame Wärme in seinem Inneren, die durch seine Adern kroch. Er hielt sich den Arm, dort, wo die Wunde klaffte, aber sie war... anders. Das Blut hatte aufgehört zu fließen, und stattdessen spürte er etwas Kaltes und Lebloses unter seiner Haut, das sich langsam ausbreitete. War das der Wahnsinn, der ihm zugesetzt wurde? Oder war es der Beginn einer Transformation?

Plötzlich hörte er Schritte. Nicht die kratzenden, schleifenden Schritte der Schatten, sondern schwere, langsame Schritte, die sich dem Tunnel näherten. Eine Silhouette tauchte im Nebel auf – gebeugt, alt, mit einem langen, zerfurchten Gesicht, das kaum zu erkennen war. Der Mann, der vor ihm stand, schien aus einer anderen Zeit zu stammen, als gehöre er zu den Fundamenten der Stadt selbst. Er war mager, abgenutzt von den Jahren, die ihm auf den Schultern lasteten, doch seine Augen – dunkel und kalt – blickten direkt in Pauls Seele, als würden sie all seine Ängste und sein inneres Leiden durchdringen.

„Du fühlst es, nicht wahr?" Die Stimme des alten Mannes war leise, heiser, aber dennoch eindringlich. „Es hat begonnen."

Paul konnte nicht antworten, seine Kehle war trocken, seine Lippen rissig. Doch die Augen des Mannes verrieten ihm alles, was er wissen musste. Dieser Fremde wusste, was hier unten geschah, wusste um die dunklen Geheimnisse der Katakomben und die Kräfte, die in ihnen schlummerten.

„Upahl hat immer die Seinen geholt", flüsterte der Alte und setzte sich auf einen der feuchten Felsen in der Nähe. „Du bist nicht der Erste, der in die Tiefen gestürzt ist. Aber du wirst einer der Letzten sein. Die Stadt... sie hungert. Schon lange." Er hob eine Hand, und Paul konnte die knorrigen Finger sehen, die zitterten, als er auf Pauls Brust zeigte. „Das, was in dir wächst, wird dich verändern. Zuerst wird es dein Fleisch sein, das nachgibt. Es wird sich erneuern, aber nicht so, wie du es kennst. Dann wird es dein Verstand sein. Die Stimmen, die du hörst... sie sind real, und sie werden dich leiten."

Paul spürte, wie sich seine Brust zusammenzog. Er wollte protestieren, weglaufen, doch er war gefangen – nicht nur körperlich, sondern auch mental. Der Schmerz, der in seinen Gliedern wütete, fühlte sich an, als würde sein eigenes Fleisch gegen ihn rebellieren.

„Es gibt keine Flucht", fuhr der Alte fort, seine Stimme immer schwächer, als sei er selbst nur ein Überbleibsel der Vergangenheit, ein Echo. „Die, die verloren gehen, kehren niemals zurück. Sie streifen durch die Gänge, suchen... dich. Ihre Seelen sind gefangen, genauso wie deine bald sein wird. Das Blut, das du fühlst, ist nicht nur dein eigenes. Es ist das Blut derer, die dich jetzt willkommen heißen."

Paul starrte den Alten an, unfähig, Worte zu finden, als die Rinnsale von Blut weiterhin von der Decke tropften, in gleichmäßigem Rhythmus, als wäre es der Pulsschlag der Stadt selbst. „Was... was passiert mit mir?" Seine Stimme war brüchig, kaum ein Flüstern. Doch der Alte nickte nur düster, als hätte er diese Frage schon oft gehört.

„Du wirst Teil von Upahl werden. Teil der Katakomben, Teil der Dunkelheit." Der Alte erhob sich langsam, seine Gelenke knackten, als er sich aufrichtete. „Die Stadt... sie verändert die, die sie wählt. Zuerst wirst du die

Stimmen hören, dann wirst du selbst eine Stimme werden. Und bald..." Ein dünnes, schiefes Lächeln erschien auf dem Gesicht des Mannes. „Bald wirst du Hunger spüren. Einen Hunger, den nur Fleisch stillen kann."

Paul riss die Augen auf, der Schreck durchfuhr ihn wie ein Messer. Er verstand. Die Geschichten, die Gerüchte über die Katakomben – sie waren wahr. Die Menschen, die hier unten verschwanden, kehrten nicht als sie selbst zurück. Sie wurden verändert. Verformt. Kannibalen, hieß es, die durch die Dunkelheit streifen, getrieben von einem Wahnsinn, der niemals endet.

„Es ist zu spät für dich, Junge", sagte der Alte schließlich, bevor er sich langsam in die Schatten zurückzog, wo er in der Dunkelheit verschwand. „Die Stadt hat dich bereits erwählt."

Paul stand allein, die Stimmen, das Kratzen, das Wimmern, sie alle waren nun lauter, näher, und mit jedem Atemzug spürte er es. Das, was in ihm wuchs, was sich in seinem Körper und Geist ausbreitete, war unerbittlich. Und der Hunger, der leise begann, wurde stärker.

Er wusste, dass er den ersten Schritt in die Dunkelheit gemacht hatte.

Paul blieb für einen Moment reglos, unfähig, das Gewicht der Worte des alten Mannes vollständig zu begreifen. **"Die Stadt hat dich bereits erwählt."** Diese Worte hallten in seinem Kopf wider, vermischt mit dem ständigen Kratzen und Wispern, das sich in der Dunkelheit um ihn schlang wie ein unaufhörlicher, zäher Strom. Der Tunnel schien enger zu werden, die

Luft schwerer, als würde die Stadt selbst auf ihn herabdrücken, ihn in die Erde ziehen. Das Blut, das zuvor nur sporadisch von der Decke getropft war, kam nun in unregelmäßigen, dicken Tropfen, als ob die Katakomben sich selbst ernährten und bereit waren, auch ihn zu verschlingen.

Mit einem erschöpften Seufzen ließ Paul seinen Kopf sinken. Sein Rücken brannte, die Wunde pochte, aber der Schmerz begann sich zu verändern. Es war nicht mehr der stechende Schmerz von frischen Verletzungen – es fühlte sich an, als ob etwas unter seiner Haut arbeitete, sich bewegte, seine Muskeln veränderte. Ein Fremdkörper, der sich langsam aber sicher in sein Innerstes fraß. Seine Hand zitterte, als er über die klaffende Schnittwunde fuhr, und er spürte, dass sich die Haut seltsam verhärtet hatte, wie Hornhaut, nur viel dicker und fremder.

Er taumelte einen Schritt nach vorne, seine Beine fühlten sich schwer an, wie bleierne Gewichte, die ihn am Boden hielten. Der Tunnel um ihn herum schien endlos zu sein, ein Labyrinth aus ewiger Dunkelheit, das ihn erdrückte. Kein Licht, kein Geräusch außer dem unaufhörlichen Flüstern und Kratzen, das in seinen Ohren tobte. Er zwang sich vorwärts, immer tiefer in die finsteren Eingeweide der Stadt. Es gab kein Zurück. Er wusste nicht, ob es an der Verletzung lag, an dem Wahnsinn, der ihm langsam den Verstand raubte, oder an der Prophezeiung des alten Mannes, aber er fühlte, dass er sich veränderte – dass die Stadt ihn bereits in ihren Fängen hatte.

Die Gänge waren schmal, so eng, dass seine Schultern an den kalten, glatten Wänden entlangschrammten. Doch mit jedem Schritt wurde die Kälte der Wände erträglicher. Im Gegenteil, er begann sie sogar zu genießen. Es war, als würde die Kälte in ihn übergehen und den brennenden Schmerz in seinem Körper dämpfen. Die Wunde an seinem Rücken, die er zuvor kaum ertragen konnte, fühlte sich nun nur noch wie ein dumpfes Pochen an, das in regelmäßigen Wellen durch seine Adern pulste.

Und dann kam das erste Zeichen, dass der Wahnsinn endgültig Besitz von ihm ergriff: **Huschende Gestalten**, nur flüchtige Schatten am Rand seines Sichtfelds, begannen ihn zu umkreisen. Anfangs hatte er geglaubt, es sei seine Einbildung, das Produkt seines überlasteten Verstandes, aber sie waren real. Schnell, fast zu schnell für seine Augen, huschten sie durch die Gänge, von der einen Ecke zur nächsten, ohne dass er je eines dieser Wesen vollständig erkennen konnte. Nur ein Hauch von Bewegung, ein Schleier in der Dunkelheit. Ihre Präsenz war spürbar – wie der kühle Atem eines Raubtieres, das darauf wartete, dass seine Beute stolperte, damit es zuschlagen konnte.

Paul wusste, dass er nicht länger allein war. Irgendetwas lauerte in den Schatten, und es beobachtete ihn. Doch es griff nicht an. Noch nicht. Es spielte mit ihm, ließ ihn glauben, er könnte vielleicht entkommen, nur um ihn tiefer in den Wahnsinn zu treiben. Und mit jedem Schritt fühlte er, wie sein Verstand sich zu dehnen begann, als würde die Realität selbst um ihn zerbröckeln.

Plötzlich durchdrang ein neues Geräusch das unheilvolle Kratzen – ein metallisches Scharren, als würde etwas Schweres über den Boden gezogen werden. Es war nicht weit weg. Paul blieb stehen, hielt den Atem an, und in der bedrückenden Stille des Tunnels hörte er es wieder. Ein leises Wimmern, fast erstickt, folgte dem Scharren. Er wollte weitergehen, dem Geräusch folgen, aber irgendetwas in ihm – ein Rest von Vernunft – hielt ihn zurück. Doch es war vergebens.

Ein Schatten löste sich aus der Dunkelheit vor ihm, eine große, gebückte Gestalt, die sich kaum bewegte. Paul spürte, wie sein Herz in seiner Brust raste. Die Silhouette näherte sich langsam, wie ein altes, vergessenes Wesen, das sich nur noch aus Reflexen heraus bewegte. Er konnte den fauligen Geruch riechen, der von der Kreatur ausging – der Gestank von Verfall und altem, modrigem Fleisch.

Die Gestalt stieß ein tiefes, kehliges Röcheln aus, bevor sie sich auf ihn zubewegte, schneller nun, als hätte sie seine Anwesenheit erkannt. Paul stolperte zurück, riss die Arme hoch, doch er wusste, dass er nicht kämpfen konnte. Sein Körper war geschwächt, seine Gedanken zerfielen. Und dann, bevor die Gestalt ihn erreichte, passierte es. Die Berührung.

Er spürte etwas Kaltes, Feuchtes an seinem Nacken, und bevor er überhaupt reagieren konnte, zog es sich nach unten. Die Berührung war wie eine Klinge, die über seine Wirbelsäule fuhr, und plötzlich wurde er von einem Gefühl durchflutet, als ob seine Knochen brächen. Ein erstickter Schrei entwich ihm, und er fiel auf die Knie. Der Schmerz war unerträglich, als ob etwas in ihm wuchs, das nicht sein sollte.

Er konnte es fühlen – etwas veränderte sich. Die Wunde in seinem Rücken, die sich zuvor so fremd angefühlt hatte, begann zu pochen, als ob sie zu leben begann. Die Haut spannte sich, als ob etwas darunter pulsierte, und plötzlich spürte er eine unglaubliche Kälte, die von der Wunde ausging und sich durch seinen ganzen Körper fraß.

Die Stimmen, die zuvor nur in seinem Kopf geflüstert hatten, wurden lauter, klarer. „Du bist einer von uns..." Es war nicht nur eine Stimme, sondern viele, alle vereint in einem schrecklichen Chor. „Es beginnt..."

Paul spürte es nun deutlicher. Der Wahnsinn griff nach ihm, zog ihn tiefer in die Dunkelheit. Sein Körper begann sich zu verändern, seine Gliedmaßen fühlten sich steif und fremd an, als ob sie nicht länger zu ihm gehörten. Seine Hände, die einst grob und fest waren, begannen zu zittern, und als er auf sie hinabsah, schien sich seine Haut zu verändern – blasser zu werden, kälter, als wäre das Leben selbst aus ihm gewichen.

Er blickte auf, und dort, in der Dunkelheit des Tunnels, sah er sie. **Die anderen**. Die Gestalten, die zuvor nur in den Schatten gehuscht waren, kamen nun näher, ihre Körper verzerrt und gequält, als hätten sie sich längst in die Albträume verwandelt, die tief in den Katakomben lauerten. Ihre Augen – wenn sie überhaupt noch Augen hatten – funkelten in einem kalten, fieberhaften Glanz, und ihre Münder waren zu grotesken, grinsenden Fratzen verzerrt.

„Du gehörst jetzt uns..." Die Worte hallten in seinem Kopf wider, während die Gestalten näher kamen und ihn umkreisten.

Paul kniete auf dem kalten, feuchten Boden der Katakomben, während die Gestalten, die ihn umringten, immer näher kamen. Der Tunnel, der ihn umgab, fühlte sich plötzlich noch enger an, als ob die Stadt selbst, die Felsen, das Blut, das von den Decken tropfte, ihm allmählich den Atem raubten. Das Pochen in seinem Rücken hatte sich mittlerweile zu einem schmerzhaften Pulsieren entwickelt. Es war, als würde etwas in ihm wachsen, sich in seinem Inneren ausbreiten und seinen Körper langsam von innen nach außen zerreißen. Doch das schlimmste war nicht der körperliche Schmerz – es war das Wissen, dass er Teil von etwas war, das viel größer und älter war als er selbst. Etwas, das tief in den Eingeweiden der Stadt Upahl verwurzelt war.

Die Gesichter der huschenden Gestalten wurden klarer. Es waren keine Menschen mehr – zumindest nicht in dem Sinne, wie Paul es kannte. Verzerrte Fratzen, halb verwest, mit Haut, die aussah, als wäre sie schon seit Jahrhunderten tot. Ihre Augen waren leer, aber es war ein Hunger in ihnen, der Paul das Blut in den Adern gefrieren ließ. Er konnte ihre Stimmen in seinem Kopf hören, obwohl ihre Münder stumm blieben. „Du bist einer von uns... Du wirst dich bald verwandeln."

Paul biss die Zähne zusammen, versuchte, sich aufzurichten, aber seine Beine zitterten unter ihm. Die Kälte, die von der Wunde in seinem Rücken ausging, hatte sich in seinen ganzen Körper ausgebreitet. Seine Gliedmaßen fühlten sich taub an, als würden sie nicht mehr zu ihm gehören. Und doch zwang er sich vorwärts, stolperte, tastete sich durch den engen Gang, weg von den Gestalten, die ihm nachschlichen. Ihre Schritte waren kaum hörbar, aber er spürte ihre Präsenz, wie ein kalter Hauch, der ihm im Nacken saß.

Sein Blick irrte umher, auf der verzweifelten Suche nach einem Ausweg. Der Tunnel schien kein Ende zu nehmen, nur Dunkelheit, nur Blut, das in dicken Tropfen von der Decke rann und die Wände hinabkroch. Er blinzelte, versuchte die Orientierung zu behalten, doch jeder Schritt führte ihn tiefer in die Umarmung der Finsternis.

Da war es wieder, dieses Kratzen, das durch den Tunnel hallte – ein dumpfes, unaufhörliches Geräusch, das wie das verzweifelte Kratzen von Fingernägeln auf Stein klang. Pauls Herz raste. Er wusste, dass die Geschichten der Alten über die Katakomben, die er so oft als Aberglaube abgetan hatte, wahr waren. Tief unter der Erde von Upahl, unter den gepflasterten Straßen und den Häusern aus Backstein, verbargen sich Geheimnisse, die nie hätten entdeckt werden sollen. Das Labyrinth war nicht einfach nur ein verlassener Ort, ein Relikt vergangener Zeiten – es war lebendig. Und es forderte seinen Tribut.

Er stolperte weiter, jeder Atemzug schmerzte in seiner Brust, als plötzlich ein seltsames Geräusch die bedrückende Stille durchbrach. Ein dumpfes Klopfen, gefolgt von einem langgezogenen Seufzen. Paul hielt inne, blinzelte durch den Nebel, der sich plötzlich zu verdichten schien. Vor ihm, nur wenige Meter entfernt, tauchte ein breiter, bogenförmiger Eingang auf, der ihn in die Dunkelheit dahinter lockte. Seine Augen wurden von einem schmalen Lichtstreifen angezogen, der aus dem Inneren des Ganges kam – ein unnatürliches, bläuliches Glühen, das in der Dunkelheit flimmerte wie der schwache Atem eines sterbenden Feuers.

Er wusste, dass er dorthin musste. Der seltsame, mystische Sog des Lichts zog ihn unweigerlich in seine Richtung. Als er sich dem Eingang näherte, spürte er eine seltsame Wärme, die aus dem Tunnel strömte, obwohl die Luft noch immer dick und erstickend war. Paul zögerte, wollte umdrehen, aber er wusste, dass es keinen anderen Weg gab. Die Stadt hatte ihn gefangen. Upahl hatte ihn bereits markiert.

Er trat über die Schwelle und betrat einen Raum, der sich plötzlich weit öffnete. Die Wände des Tunnels zogen sich hoch und wölbten sich zu einer Kuppel, in deren Mitte eine alte, steinerne Figur stand – ein Götzenbild, alt und verwittert, aber dennoch erkennbar. Es war ein Mann, groß, mit langen, fleischigen Armen, die wie Klauen ausgestreckt waren, um die Besucher zu empfangen. Sein Gesicht war eine Fratze, die in einem verzerrten Lächeln erstarrt war, als ob er das Leiden derjenigen, die vor ihm standen, genoss. Und unter ihm – auf dem Boden verstreut – lagen Überreste. Knochen, verwesende Körper, so alt, dass sie fast zu Staub zerfallen waren.

„Das ist es also", murmelte Paul, als er langsam auf das steinerne Abbild zuging. „Die Quelle..." Er hatte die Legenden gehört, die Geschichten über einen uralten Kult, der in den Tiefen von Upahl gewütet hatte. Ein Orden, der das Fleisch derer, die sie opferten, verzehrte, um ewiges Leben zu erlangen. Doch es war nicht nur Fleisch, das sie suchten – es war die Macht der Verwandlung, der Übergang von Mensch zu Monster. Und jetzt war er selbst Teil dieses unheiligen Kreislaufs.

Die Berührungen waren wieder da. Diesmal stärker, deutlicher. Kalte Finger schlangen sich um seine Arme, seine Beine, zogen ihn in Richtung des Götzen. Er wehrte sich nicht mehr. Er wusste, dass er nicht entkommen konnte. Die Stimmen, die in seinem Kopf tobten, waren jetzt klarer denn je. „Du gehörst uns... Du wirst einer von uns werden..."

Paul taumelte und fiel vor dem steinernen Abbild auf die Knie. Der Raum begann zu pulsieren, als ob er lebendig war, und die Wände schienen sich zu bewegen, zu atmen. Das Blut, das von der Decke tropfte, hatte sich zu einem stetigen Strom entwickelt, der den Boden des Raumes bedeckte und sich um seine Füße schlang. Die Transformation hatte begonnen. Sein Körper, der bereits unter dem Einfluss der Katakomben stand, gab nach.

Er spürte, wie seine Knochen knackten, als ob sie sich neu formten. Seine Haut spannte sich, wurde blasser, kälter, während seine Augen brannten, als würden sie von innen heraus glühen. Der Schmerz war unbeschreiblich, aber mit ihm kam auch eine seltsame Klarheit. Er verstand jetzt, was der alte Mann gemeint hatte. Die Stadt, die Straßen, die Menschen in Upahl – sie alle waren Teil dieses dunklen Rituals. Die Katakomben hatten sich ihren Tribut geholt. Und Paul war der Nächste in der langen Reihe von Opfern.

„Upahl hat dich geholt“, flüsterte eine Stimme hinter ihm. Paul blickte auf, und dort, am Rand des Raumes, stand der alte Mann wieder. Sein Gesicht war schattenhaft, seine Augen glänzten im schwachen Licht des Raumes. „Die Stadt… sie ist hungrig. Sie braucht Fleisch. Dein Fleisch.“

Paul wollte schreien, wollte wegrennen, aber sein Körper gehorchte ihm nicht mehr. Er konnte nur noch zusehen, wie die Verwandlung sich vollendete, wie er langsam in die Dunkelheit der Katakomben hineingezogen wurde, ein weiteres verlorenes Opfer in den ewigen Tiefen von Upahl.

Paul sank auf den blutgetränkten Boden vor der steinernen Statue, das Echo des letzten Schreis, der aus seiner Kehle gedrungen war, verklang in der Dunkelheit. Das Pochen in seinem Körper hatte sich zu einem dumpfen, unerträglichen Rhythmus verwandelt, der ihn auf den Rand des Wahnsinns trieb. Seine Muskeln spannten sich, als ob sie gegen die unsichtbaren

Ketten ankämpften, die die Stadt und die Katakomben ihm angelegt hatten. Doch er konnte sich nicht wehren. Nicht mehr.

Der alte Mann beobachtete ihn aus der Dunkelheit, das schiefe Lächeln auf seinem hageren Gesicht verriet ein tiefes, finsteres Wissen, das Paul nicht verstehen konnte. „Es gibt kein Zurück mehr", flüsterte der Alte, während er sich in den Schatten des Raumes zurückzog. „Du wirst eins mit dem, was hier unten lauert. Es ist dein Schicksal. Dein Opfer wird die Stadt Upahl nähren. Und du wirst Teil davon."

Paul konnte die Worte kaum verarbeiten. Alles in ihm schrie nach Flucht, doch sein Körper war unfähig, auf die Befehle seines Verstandes zu reagieren. Er spürte, wie seine Haut unter der Last des Fluchs zu brennen begann, als ob sich die tiefen Wunden weiter in ihn hinein fraßen. Doch es war nicht nur Schmerz – es war etwas Tieferes. Ein Hunger, ein Drang, den er nicht erklären konnte. Seine Knochen fühlten sich schwer an, seine Muskeln spannten sich auf eine Art, die er nicht kannte. Und in seinem Verstand begann sich eine Dunkelheit auszubreiten, die nicht mehr nur von außen kam.

Die Gestalten, die ihn zuvor nur verfolgt hatten, rückten näher. Sie waren keine Fremden mehr für ihn. Sie waren Teil von ihm. Paul erkannte, dass er auf demselben Weg war wie sie. In ihren toten Augen sah er einen Spiegel dessen, was aus ihm werden würde – ein gequältes Wesen, ein Schatten, das gezwungen war, für immer in diesen Katakomben zu wandeln, getrieben von einem unstillbaren Hunger nach Fleisch und Wahnsinn. Der Wandel war nicht mehr aufzuhalten. Es war, als würde die Stadt selbst ihn zu sich rufen.

Sein Atem wurde flacher, das Wispern in seinem Kopf lauter. „Du wirst Teil von uns… Du wirst die Stadt füttern…“ Die Stimmen, die zuvor flüchtig und undeutlich waren, formten nun klare Worte. Sie waren nicht nur in seinem Kopf – sie waren real, manifestiert in der uralten Magie, die die Katakomben beherrschte. Paul konnte sich nicht erinnern, wann er zum letzten Mal die Sonne gesehen hatte, wann er zuletzt in der Welt oberhalb des Erdbodens gewesen war. Es war, als wäre Upahl nur eine vage Erinnerung, etwas, das er nie wirklich gekannt hatte.

Die Katakomben waren sein Zuhause. Sie waren alles, was er nun kannte.

Doch dann, als er glaubte, endgültig den Verstand zu verlieren, blitzte ein Bild in seinem Kopf auf. Eine Erinnerung, die tief in ihm verborgen gewesen war, die von der Dunkelheit fast ausgelöscht worden war: **Mecklenburg**. Die grünen Felder und sanften Hügel, die Stille der Wälder, das endlose Blau des Himmels. Und mitten darin Upahl, die kleine Stadt, die er einst gekannt hatte. Die Straßen, die Bäume, der Geruch von feuchter Erde nach einem Regenschauer. Diese Stadt, so unscheinbar, trug all das Böse in sich, das sich nun hier unten manifestierte.

Er erinnerte sich an Geschichten, die er als Kind gehört hatte. Alte Männer und Frauen, die sich an den Rändern von Versammlungen in der Stadt trafen und über die „Dunklen Gänge“ sprachen. Wie die Stadt auf den Ruinen alter Kulturen gebaut wurde, deren Götter und Dämonen längst vergessen waren. Doch ihre Mächte lebten weiter, tief unten in der Erde. Es hieß, dass jene, die den Ruf der Katakomben hörten, nie mehr dieselben waren, wenn sie zurückkehrten – falls sie überhaupt jemals zurückkehrten.

Paul wusste jetzt, was das bedeutete. Diese Stadt, diese unschuldige Stadt, die er einst Heimat nannte, war nur eine Fassade. Darunter lauerte das wahre Gesicht von Upahl – ein Monster, das von den Seelen derer lebte, die es in die Tiefen lockte.

Er spürte, wie etwas in ihm zerbrach. Nicht nur körperlich, sondern auch seelisch. Die Transformation war fast abgeschlossen. Seine Haut war blass, fast durchsichtig, und seine Augen, wenn er sie sehen könnte, würden sicher ebenfalls leer und kalt sein. Doch tief in ihm, in dem Teil, der noch nicht vollständig der Dunkelheit verfallen war, glomm ein Funke von Widerstand.

„Nein", keuchte er, seine Stimme kaum mehr als ein Flüstern. „Ich... werde nicht... wie ihr."

Doch der Tunnel lachte nur. Ein tiefes, kehliges Lachen, das von den Wänden widerhallte und sich um ihn legte wie ein schmutziger Mantel. „Du bist bereits einer von uns", flüsterte die Dunkelheit. „Du kämpfst vergeblich. Die Stadt wird dich nicht gehen lassen."

Paul zitterte, die Kälte und der Hunger, die in ihm wuchsen, wurden stärker. Er fühlte das Verlangen, es zu beenden, die Stadt zu nähren, so wie es unzählige vor ihm getan hatten. Aber etwas in ihm wehrte sich. Der Gedanke an die Felder von Mecklenburg, an die einfachen Freuden des Lebens, die er so lange für selbstverständlich gehalten hatte, flackerte in seinem Kopf auf. Und plötzlich wurde ihm klar: Wenn er hier unten starb, würde es nie enden. Er würde wie die anderen Gestalten in den Katakomben wandeln, für immer gefangen in einem endlosen Zyklus aus Wahnsinn und Verfall.

Ein neuer Plan formte sich in seinem benebelten Verstand. Es gab nur einen Weg, das zu stoppen. Er musste die Stadt zerstören. Upahl – die Stadt selbst – war das Herz dieses Wahnsinns. Wenn er es schaffte, die Stadt zu vernichten, dann könnte er vielleicht die Dunkelheit in den Katakomben für immer versiegeln.

Mit einer Anstrengung, die ihm fast das Bewusstsein raubte, zog Paul sich auf die Beine. Sein Körper war schwer, steif, als wäre er schon zur Hälfte zu Stein geworden, doch er kämpfte weiter. Der alte Mann beobachtete ihn noch immer, aus sicherer Entfernung. „Was hast du vor, Junge?“ Seine Stimme war ruhig, aber es lag ein leises Zögern darin, als ob er Pauls Plan ahnte.

„Ich werde diese Stadt brennen sehen“, flüsterte Paul, während er sich langsam wieder aufrichtete, „und mit ihr alles, was sie verbirgt.“

Die Dunkelheit lachte, doch diesmal zitterte sie.

Paul stand schwankend in der Dunkelheit, sein Körper schien auseinanderzubrechen, und doch spürte er, wie etwas in ihm eine neue Kraft fand. Die Stimmen in seinem Kopf, die ihn in die Dunkelheit ziehen wollten, verstummten für einen Moment, als ob sie die Entschlossenheit in ihm spürten. Er war Teil dieser unheilvollen Katakomben geworden, ein Teil von Upahl, doch er würde nicht einfach ein weiteres Opfer sein. Wenn die Stadt ihn verschlingen wollte, dann würde er sie mit in die Hölle reißen.

Seine Beine fühlten sich an, als wären sie aus Stein, doch er zwang sich, einen Fuß vor den anderen zu setzen. Der Raum, in dem er stand, schien sich zu verengen, als ob die Dunkelheit selbst gegen ihn arbeitete. Die steinerne Fratze des Götzenbildes starrte ihn aus der Ferne an, ein stummes Zeuge der jahrhundertelangen Opfer, die die Stadt gefordert hatte. Überall um ihn herum huschten die Gestalten, verzerrte Schatten, die ihn beobachteten, als ob sie seine Entscheidung erwarteten.

Der alte Mann trat wieder aus den Schatten hervor, sein Gesicht kalt und ausdruckslos. „Du denkst wirklich, du kannst die Stadt zerstören?“ Seine Stimme trug einen Hauch von Verachtung. „Upahl ist älter als du, älter als alles, was du dir vorstellen kannst. Sie wurde auf Blut und Opfer erbaut. Nichts, was du tust, kann das ändern.“

Paul ignorierte ihn. Er hatte keine Zeit mehr für Worte. Die Transformation in ihm war fast abgeschlossen – er konnte spüren, wie seine Haut sich weiter verhärtete, seine Knochen schmerzten, als ob sie sich zu etwas anderem formten. Doch er musste handeln, bevor es zu spät war. Er erinnerte sich an die alten Geschichten über die Katakomben, über die unsichtbare Macht, die in der Tiefe lauerte. Wenn die Stadt von diesen dunklen Ritualen lebte, dann musste es einen Weg geben, den Zyklus zu durchbrechen.

„Du verstehst es nicht“, knurrte Paul, seine Stimme klang tief und rau. „Ich werde die Wurzel dieses Wahnsinns herausreißen.“

Er drehte sich abrupt um und rannte – oder stolperte, so gut es sein geschundener Körper zuließ – in den Tunnel zurück. Die Wände zogen sich wie ein enger Schlauch um ihn zusammen, die Kälte kroch unter seine Haut, als wollte die Stadt ihn zurückhalten. Doch er konnte jetzt nicht mehr aufgeben. Irgendwo in den

Tiefen dieser Katakomben musste es einen Ursprung geben, einen Punkt, an dem alles begann.

Die Katakomben waren ein Labyrinth, ein ewiges Geflecht aus Gängen und Kammern, doch Paul wusste, dass es einen Kern gab, ein Herz dieser Dunkelheit. Er spürte es wie ein Magnetfeld, das ihn immer weiter in die Tiefe zog. Jeder Schritt war eine Qual, die Transformation in ihm war fast abgeschlossen – seine Hände hatten sich verändert, die Nägel waren zu Klauen geworden, seine Haut spannte sich wie altes Leder. Doch er kämpfte weiter.

Plötzlich hörte er das Geräusch von tropfendem Wasser. Kein Blut diesmal, sondern Wasser – das Rauschen eines unterirdischen Flusses, das durch die Wände der Katakomben drang. Paul folgte dem Geräusch, stolperte durch die Dunkelheit, bis er an eine schmale Öffnung gelangte. Hinter der Öffnung sah er es – ein gewaltiger, unterirdischer Raum, in dessen Mitte ein See aus schwarzem Wasser lag. Das Wasser war ruhig, spiegelglatt, und doch wusste er, dass es tief war. Unendlich tief.

Der Raum war von alten Steinsäulen gesäumt, jede von ihnen bedeckt mit Runen und Symbolen, die er nicht verstehen konnte. Doch er wusste, was sie bedeuteten – dies war der Ursprung. Dies war der Ort, an dem Upahl sein unheilvolles Leben erhalten hatte. Die Säulen, das Wasser, der ganze Raum strahlten eine dunkle Macht aus, die ihn fast zu Boden drückte. Doch Paul wusste, dass dies der Schlüssel war. Wenn er diese Verbindung zerstören konnte, würde die Stadt fallen.

Er kniete sich nieder, tauchte seine verformten Finger in das eiskalte Wasser. Sofort durchfuhr ihn ein Schmerz, als ob das Wasser selbst gegen ihn kämpfte, als ob es wusste, dass er hier war, um es zu vernichten. Doch Paul ließ nicht los. Er griff tiefer, spürte den Boden unter sich, tastete nach einem Punkt, nach etwas, das ihn weiterziehen konnte. Dann spürte er es – ein vibrierendes, pulsierendes Objekt, das in der Tiefe des Wassers ruhte.

Das Herz von Upahl. Das Zentrum der Dunkelheit.

Er packte es, zog daran, und sofort begannen die Wände um ihn herum zu beben. Die Säulen, die den Raum umgaben, begannen zu zittern, Staub und Gestein fielen von der Decke. Paul spürte, wie das Objekt in seiner Hand pulsierte, lebendig, als ob es gegen seine Berührung kämpfte. Aber er ließ nicht los. Das Herz war kalt, fast gefroren, doch es brannte sich durch seine Haut, als ob es ihn mit seiner Dunkelheit infizieren wollte.

Der Raum schien zu zerfallen, und die Gestalten, die ihm gefolgt waren, schrien auf. Sie waren keine stillen Beobachter mehr – sie waren Opfer, genau wie er. Ihre schrecklichen Schreie hallten durch die Katakomben, und Paul spürte, wie die Dunkelheit sich um ihn schlang, stärker als je zuvor. Doch es war zu spät. Er hatte das Herz der Stadt gefunden, und jetzt, da er es in seinen Händen hielt, wusste er, dass die Macht von Upahl zerbrechen würde.

Mit einem letzten Aufschrei, einem letzten verzweifelten Akt der Rebellion, riss Paul das Herz aus der Tiefe des Wassers, und sofort explodierte die Dunkelheit um ihn. Die Katakomben begannen zu zerfallen, die Säulen brachen zusammen, das Wasser stieg auf, als ob die ganze Stadt in sich zusammenstürzen würde. Paul spürte, wie sein Körper von der Dunkelheit verschlungen wurde, doch diesmal war er bereit. Er wusste, dass er sterben würde, aber er würde die Stadt mit sich nehmen.

Die letzten Schreie der Opfer, die vor ihm in die Katakomben gezerrt worden waren, hallten in der Dunkelheit wider, und dann... Stille.

Upahl würde brennen.

Paul spürte, wie die Dunkelheit ihn verschlang. Der Boden unter ihm begann zu beben, die Katakomben erbebten, als ob die Stadt selbst ihren letzten Atemzug tat. Risse zogen sich durch die steinernen Wände, und die Decke begann einzustürzen, als das Herz von Upahl in seinen Händen zerbrach. Ein gleißendes Licht, das aus den Tiefen der Dunkelheit hervordrang, füllte den Raum, und Paul fühlte, wie die Schatten, die ihn bis eben umzingelt hatten, schreiend zurückwichen. Sie waren nicht mehr die Jäger, die sie einmal gewesen waren. Nun waren sie selbst die Gejagten, gefangen in der Zerstörung, die Paul entfesselt hatte.

Er spürte, wie der Raum um ihn herum zusammenbrach, die uralten Mauern, die diese Geheimnisse so lange bewahrt hatten, begannen zu bröckeln. Doch inmitten des Chaos war Paul merkwürdig ruhig. Der Schmerz, der ihn zuvor fast in den Wahnsinn getrieben hatte, wich einer erdrückenden Müdigkeit. Sein Körper war schwer, die Verwandlung, die begonnen hatte, schien nun innezuhalten. Die Kraft, die ihn verändert hatte, schwand, als das Herz der Stadt zerfiel.

Die Stimmen, die in seinem Kopf gehallt hatten, waren still. Die Gestalten, die zuvor wie gespenstische Jäger in der Dunkelheit lauerten, hatten sich aufgelöst. Es gab keinen Wahnsinn mehr, keinen Hunger, der ihn verzehrte. Stattdessen war da nur noch die Ruhe – die allumfassende Ruhe, die kam, wenn ein Zyklus endete. Upahl, die Stadt, die sich selbst in den Katakomben gefüttert hatte, begann sich nun selbst zu verschlingen.

„Es endet hier", murmelte Paul, obwohl niemand da war, der ihm zuhörte.

Er hatte nicht mehr die Kraft, sich zu bewegen. Die Felsen um ihn herum begannen herabzustürzen, der Boden unter seinen Füßen bebte, aber Paul blieb stehen, seine Hände noch immer um das zerfallende Herz der Stadt gelegt. Der unterirdische See, der einst ruhig und still gewesen war, begann zu toben, die Wassermassen stiegen an, als ob sie die Stadt hinfortspülen wollten. Doch Paul wusste, dass es vorbei war. Upahl würde nicht überleben. Die Stadt, die so lange auf dem Blut und den Seelen ihrer Opfer gebaut worden war, würde nun mit ihren eigenen Dämonen untergehen.

Er sah es in seiner Vorstellung, das Bild der Stadt, wie sie sich langsam in sich zusammenzog. Die Menschen oben, nichtsahnend, würden bald verstehen, dass ihre Stadt nicht auf sicherem Grund gebaut war. Die Erde würde unter ihnen aufreißen, die Straßen würden sich verformen, die Häuser in die Tiefe sinken. Und dort, in der Tiefe, würde alles enden – in den Katakomben, die nun ihren letzten Atemzug taten.

Paul atmete tief ein. Das Wasser stieg bereits bis zu seinen Knien, und die ersten Steinschläge krachten mit ohrenbetäubendem Lärm herab. Doch in all dem Chaos fühlte er sich frei. Der Wahnsinn, der Hunger – sie waren verschwunden. Es gab nichts mehr zu fürchten, nichts mehr, das ihn zurückhalten konnte.

Plötzlich spürte er, wie die Kälte, die zuvor durch seine Adern geströmt war, ihn vollständig einnahm. Es war, als ob die Dunkelheit selbst ihn in einem letzten verzweifelten Versuch verschlingen wollte. Aber diesmal war es nicht bedrohlich. Es war, als würde er in den Schlaf gleiten, in einen tiefen, erlösenden Schlaf, der das Ende aller Qualen bedeutete.

Das letzte, was Paul sah, bevor alles um ihn herum verschwand, war der alte Mann. Er stand am Rande des Raumes, sein Gesicht in Schatten gehüllt, doch es war keine Bosheit mehr in seinen Augen. Nur Akzeptanz. Vielleicht war der Mann nie der Feind gewesen – vielleicht war er einfach nur der Wächter, der Zeuge dieses endlosen Zyklus.

„Es ist vorbei", flüsterte Paul, seine Stimme kaum mehr als ein Hauch. „Upahl ist gefallen."

Mit diesen Worten gab er sich der Dunkelheit hin. Die Stadt, die Katakomben, der Wahnsinn – alles versank in den Fluten. Und mit ihm verschwand Paul, für immer vereint mit den Geheimnissen, die tief unter der Erde verborgen lagen. Upahl, die Stadt der Schatten, würde niemals wieder ihre Opfer fordern.

Die Wasser stiegen höher, die Mauern krachten ein, und die Stadt oben begann zu beben.

Paul fühlte, wie die Welt um ihn herum verblasste, als er in die Dunkelheit hinabsank, die ihn vollständig einhüllte. Die Wassermassen stiegen weiter an, verschlangen die letzten Überreste der einst mächtigen Katakomben, die sich nun in ihre eigene Zerstörung ergaben. Das Herz der Stadt, das er zerrissen hatte, war kein pulsierendes Zentrum mehr – es hatte seine Macht verloren, und damit auch Upahl. Die Stadt oberhalb der Katakomben würde bald die Auswirkungen dieser Katastrophe spüren, die Erde würde sich aufreißen und die unsichtbaren Geheimnisse freilegen, die jahrhundertelang verborgen lagen.

Doch während Paul in der Kälte versank, kam eine merkwürdige Klarheit über ihn. Es war nicht die Dunkelheit, die ihn verschlang – es war vielmehr eine Auflösung, eine Loslösung von der Realität, die ihn ergriff. Die Stimmen, die in seinem Kopf gehallt hatten, verstummten endgültig. Die huschenden Gestalten, die ihn verfolgt hatten, waren verschwunden. Es gab nur noch ihn und die endlose Leere.

Sein Atem ging flach, seine Gedanken verwischten, doch da war noch etwas, ein letzter Funken, der in ihm glomm. Es war nicht der Wahnsinn, der ihn antrieb, sondern eine Erkenntnis: Alles, was passiert war, war Teil eines Zyklus, der sich immer wiederholte. Die Stadt Upahl war nur eine Facette dieses ewigen Spiels, eine Stadt, die in den Ruinen uralter Mächte errichtet worden war, die niemals hätten geweckt werden dürfen.

Paul wusste, dass er diesen Zyklus durchbrochen hatte. In dem Moment, in dem er das Herz der Stadt in seiner Hand zerbrochen hatte, war etwas Neues entstanden. Die Stadt würde untergehen, ja, aber mit ihrem Ende würde auch eine neue Ära beginnen. Die Finsternis, die sie beherrscht hatte, war nicht mehr allmächtig. Die Macht, die in den Katakomben gehaust hatte, war endgültig gebrochen.

Und doch, mit dieser Erkenntnis kam auch die bittere Wahrheit: Paul würde diese neue Ära nicht erleben. Er war Teil des Opfers, das gebracht werden musste, um die Stadt zu zerstören. Er spürte, wie sein Bewusstsein langsam verblasste, als die Kälte in seinem Inneren ihn immer tiefer in die Leere zog. Doch das war in Ordnung. Es war der Preis, den er bereit war zu zahlen.

Die letzten Gedanken, die durch seinen Verstand schossen, waren nicht voller Angst, sondern voller Frieden. Er hatte es geschafft. Er hatte den Fluch gebrochen, der die Stadt seit Jahrhunderten heimgesucht hatte. Die Katakomben von Upahl würden niemanden mehr verschlingen. Der Wahnsinn, der in ihren Tiefen geschlummert hatte, war nun vergangen.

Langsam, unaufhaltsam, glitt Paul in die Dunkelheit. Das Wasser um ihn herum war nun still, kein Rauschen, kein Tosen mehr. Die Stadt war gefallen, die Katakomben versiegelt. Und mit diesem Gedanken ließ er los.

Das Ende war gekommen – und mit ihm die Freiheit.